결국
말은
딩

결국
결말은
해피엔딩

미래의
나에게 건네는
따뜻한 문장들

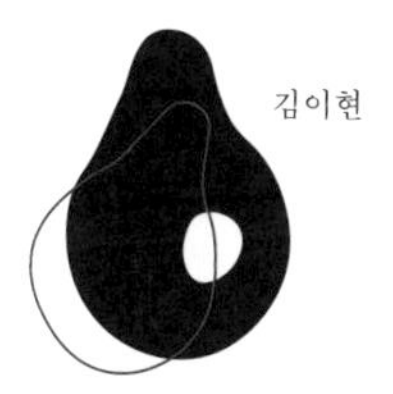

김이현

지식인하우스

프롤로그

이따금 예전에 썼던 일기를 들춰 볼 때가 있습니다.
그 속엔 어린 날의 내가 안쓰러운 표정을 짓고 있어요.
일기장 속 한편에 웅크린 어린 나를 볼 때면
싱거운 웃음이 한줄기 새어 나옵니다.

그땐 왜 그렇게 슬펐을까.
별것도 아닌데 왜 그렇게 조급했을까.
지금 생각해 보면 아무것도 아닌 일에
왜 그리 절망했던 걸까.

지금의 이 애달픈 마음도
시간이 지나면 괜찮아질 거야. 그럴 거야.
그렇게 생각하며
지금 힘든 일들을 일기에 써 내려가면

이 일기를 볼 미래의 내가
나를 토닥거려 주는 것 같습니다.

현재에 발이 묶여
걸음이 더뎌지지 않았으면 좋겠습니다.
밀물처럼 쏟아 들어와도
곧 썰물처럼 빠져나갈 감정들일 테니.

지금은 좀 슬퍼도,
어쨌든 결말은 해피엔딩일 거라는 마음으로
지금의 쓰디쓴 순간들을
잘 삼켜 냈으면 좋겠습니다.

"슬픔은 글 안에 가두고,
기쁨은 글에 담아 오래 기억해 봐요.
글에 널어놓은 마음들이 언젠가 힘이 될 것이니.
그렇게 함께, 내일을 살아가는 힘을 얻어 봐요."

당신이 아픈 마음을 안은 채
잠들지 않기를
김이현

차례

기쁜 일 중에서는 가장 슬픈 일이지만
슬픈 일 중에서는 가장 기쁜 일이라고
생각하면서

Part 1. 감정

결국

결국에 끝은 다 좋을 것이다.

지금 괜찮지 않다면

끝이 아닐 뿐.

이런 생각만으로도
오늘을 견딜 수 있다는 게
얼마나 다행인지.

결국엔 다 괜찮을 거야.
결국엔 다 내가 원하는 대로 될 거고,
결국엔 상상했던 이상으로 좋은 결과가 있을 거야.

실제로 그렇게 될지 100% 확신할 수 없지만
지금의 나를 온전하게 지켜 내는
마법 같은
주문

투정

일기는 미래의 나에게 칭얼거리는 느낌.

오늘 힘들었던 일을
찡찡대면서 일기장에 써 내려가면

며칠, 몇 달 혹은 몇 년 뒤 이 일기장을 볼 내가,
그땐 지금보다 성숙해져 있을 내가,

"그랬어? 시간 지나면 괜찮아질 거야"
하면서
토닥여 주는 느낌.

"걱정 마.
지금의 나, 그러니까 미래의 너는
잘 지내고 있으니까.
지금 하는 그 고민에 너무 얽매여서
빛을 잃어버리지 않았으면 좋겠어."

누군가 이런 말을 했다.
시간이 해결해 주는 것이 아니라,
시간이 흘러 조금 더 자란 내가 해결해 주는 거라고.

그렇게 미래의 나에게 기대어
오늘도 쓰디쓴 한 페이지를 힘겹게 넘겨본다.

멀리서 보면

멀리서 보면
지금은 '점'이고

길게 보면
지금은 '찰나'일 뿐이다.

사소한 것에
어차피 지나갈 것에
중요하지 않은 것에

힘 빼지 말자.

지금 나에게 가장 필요한 말

지금 나에게
가장 필요한 말은

"그럴 수도 있지."

모든 것이 정답

정의되지 않은 관계에서는
모든 것이 정답이다.

약속도 합의도
없었기 때문에.

묻지 않았다

왜냐고 묻지 않았다.

얕은 인연의 끝자락에서
이유 같은 건 중요하지 않았다.

어른의 막

감정과 이성은 따로 움직이는 것 같다.

다만,
이성, 객관적 논리, 합리적 근거라는 틀로
이루어진 '막'이
감정이 튀어나가지 않게 막는 것일 뿐.

어른이 된다는 것은
이 '막'이 점점 두꺼워진다는 것을 뜻하는 것 같다.

감정이 마음대로 튀어나가지 못하게.

결국 다 괜찮아질 거야

왜 이런 일이 나에게 일어나는 걸까
왜 내가 원하는 대로 흘러가지 않는 걸까, 세상은.

현재에만 사로잡혀 있지 않나요?
생각의 폭을 좀 더 넓혀 보는 것도 괜찮을 것 같습니다.

우리는 예전에도, 더 예전에도 힘든 적이 많았을 거예요.
하지만 이제 와 돌이켜 보면
그땐 죽을 만큼 힘들었어도,
그 당시에는 내 영혼을 갉아먹는 괴로움이었어도,
지금은 그때만큼 치명적이지는 않은 것 같습니다.

지금 닥친 고통도 마찬가지이지 않을까요.
그 어느 때보다 쓰고, 아리고, 거칠지라도
며칠, 몇 달, 혹은 몇 년이 지나면
지금만큼 내 마음을 흔들지는 않을 겁니다.

결국 끝에는 다 괜찮아질 거예요.
그렇게 믿는 게 중요한 것 같습니다, 우선은.

우리가 원하는 대로 세상이 흘러가진 않지만,
결국 길게 보면 다 잘 될 거라고 믿어요.

세상은 내 마음대로 돌아가지 않고,
사람들은 내 뜻대로 움직이지 않고,
내 마음대로 모든 것이 이루어지는 건
상상 속에서만 가능한 일.
내가 할 수 있는 유일한 일은
내 마음이 다치지 않도록 들여다보는 것.

그래야 좀 더 나은 미래를 기다리면서
건강한 마음으로 살아갈 수 있을 것 같습니다.

가장 중요한 건 나입니다.
내가 손쓸 수 없는 일들 때문에
나를 다치게 내버려 두는 건 너무 힘든 일이에요.

이럴 땐 나 스스로라도 나를 지켜야 합니다.
최선의 보호는 마음을 다잡는 것입니다.
남에게 기대지 않고 스스로를 정면으로 바라보며
나에게 힘을 주는 것.

결국 나중엔 다 괜찮아질 거라고,
지금 괜찮지 않다면 끝이 아닐 뿐이라고.
지금은 끝이 보이지 않는 망망대해 속에서
거센 물살에 이리저리 흔들리더라도,
결국엔 볕이 잘 드는 육지에 다다라
안전하게 닻을 내릴 수 있을 것이라고 생각합시다.

그렇게 오늘을 견뎌 냅시다.

지금은

지금은 내 마음의 한복판에서
부산스럽게 돌아다니고 있지만

언젠가는 저 멀리 흐릿하게 보이는
기억의 변두리에서
이따금씩 얼굴만 비추겠지.

문자

십 년 전의 나에게 말 한마디
할 수 있는 기회가 찾아온다면
하고 싶은 말이 얼마나 많을까.

그 당시 내가 썼던 휴대폰 번호로
문자를 보내면
그때의 내가 받을 수 있을까.

더 이상 존재하지 않는
019 번호로 보낸 문자는

현재와 과거의 어느 비좁은 틈 사이에서
허공을 맴돌겠지.

과거의 나에게 보내고 싶은 문자들.

"거기에 가지 마."

"그 사람 놓치지 마."

"하지 마. 결국 너만 힘들어질 거야."

"제발 자존심 좀 세우지 마.

그러다 좋은 사람도 좋은 기회도 다 놓치게 돼."

"중요한 건 그게 아니야. 조금만 더 잘 생각해 봐."

보다는

"괜찮아. 걱정하지 마. 나 지금 잘 살고 있어.

니가 걱정하는 일 따위 일어나지 않아."

생각하지 않아도 되는 생각

생각하지 않아도 되는 생각은
생각하지 않으면 된다.

사회생활을 시작하고 깨달은
가장 어리석은 일 중 하나는
밖에서 만난 사람들 때문에
다친 마음을 집 안까지 가지고 들어오는 것.

그들은 내 인생을 책임져 줄 사람이 아니다.
그들을 내 인생의 무게에 올려놓지 않아도 된다.

밖에서 상처받은 마음을
굳이 내 방 침대까지 들여오지 말 것.

잠깐 불어오는 바람에
휘둘리지 말 것.

잠시 나뭇가지는 흔들릴지언정,
뿌리째 뽑혀 나가는 일이 없도록 할 것.

마취제

극심한 치통 때문에
치과에 가서 마취를 하면
사랑니를 통째로 뽑아도
감각이 느껴지지 않는 것처럼

마음에도 통증이 심해서
마취제를 한 방 놓고 싶을 때가 있다.
감정이 느껴지지 않는 것처럼
무뎌지게.

내 하루를 흔들어 대는

요란한 감정들을

고요하게 가라앉힐 수 있는

그런 마취제가 필요하다,

가끔은.

생각의 상대성 이론

기쁜 일 중에서는 가장 슬픈 일이지만,

슬픈 일 중에서는 가장 기쁜 일이라고 생각하면서.

수많은 슬픔들에 휩싸여 있던 이전의 나.

그리고 어쨌든 시간이 지나

그 슬픔들을 이겨 낸 지금의 나.

이 둘을 나란히 놓고 비교해 보면

더 나아진 지금의 나를 발견할 수가 있다.

시간이라는 저울 위,

마음이 한결 가벼워진 지금의 내가 보인다.

지금 이 고단한 일들도 그렇게 견뎌 내야겠지.

언젠간 싱거운 웃음에 곁들여질

추억의 한 페이지로 남을 거라 생각하면서.

얼리어답터

십 년 뒤에나 한다는 고민을
지금부터 하고 있다.

역시 나는
얼리어답터.

일희일비의 위험성

사소한 일에
쉽게 기분이 들뜨거나
쉽게 시무룩해지면

그 사이로
많은 것들이 지나가기 마련이다.

중요한 것들을 놓치기 마련이다.

널뛰기

사소한 일 때문에
내 마음이 널뛰지 않기를.

어떠한 일이 닥쳐도
내가 중심이 되어 무게를 잡기를.

그렇게

지나가는 계절에

내 마음

쉽게 흔들리지 않기를.

일기예보

내 인생에도
일기예보가 있었으면 좋겠다.

딱 며칠만 흐리고
딱 며칠만 비가 올 것이며
그 이후로는 해가 뜰 거라고

누군가 말해 주었으면 좋겠다.

견뎌야 하는 시간을

누군가 타이머로 말해 준다면

그것만 믿고

견딜 수 있을 텐데.

기약 없는 시간 앞에

더욱 흔들리는 마음 한구석.

소화불량

소화된 줄만 알았던 기억들이
가끔 울컥울컥 역류해 올라오면

가슴이 쓰리다.
오늘 밤도 지새운다.

행복의 진실

와!! 난 행복하다!!

사실은…

삶의 무게를 가까스로
버티고 있는 것일 수도.

가로주차 인생

반듯한 주차 칸에 들어가지 못하고,
그러니까
'내 자리'를 찾아 편히 쉬지 못하고

누군가 그려 놓은
흰색 경계 바깥쪽 어느 언저리에
사이드 브레이크 하나 맘대로 채우지 못한 채

앞차에 치이고 뒤차에 밀리면서
정해진 내 보금자리 없이
먹먹한 주변 속을 떠밀려 다니는

가로주차 인생.

백사장

이쁜 그림을 그렸으나
나중에 보니
백사장에 그렸다는 걸 깨달았다.

곧
파도에 쓸려 지워지고 말았다.

조개껍데기를 너무 꽉 쥐어서 생긴
상처만
손에 남았다.

결벽증

어질러져 있는 상태를
참지 못한다.

널브러져 있으면
차곡차곡 개서
장롱에 고이 정리해 넣어 놓는다.

가끔이야 서랍을 슬쩍 열어
한켠에 모셔 놓은
추억 묻은 옷가지들을 들여다보겠지만

어떤
철 지난 옷들은
별로 꺼내 보기 싫다.

그때의 결심

기분이 좋든
기분이 좋지 않든

감정이 극에 달했을 때의 '결심'은
신중해야 한다.

그것을
돌이킬 수 없다면
더더욱.

잠들기 전

잠들기 전

잠 위에 놓인
잡다한 생각들을 치우느라
나의 새벽은 부산스럽다.

어쩌다 고민 한 묶음과 걱정 조각들이
그 위에 뒤엉켜 널브러져 있을 땐

그것들을 애써 치워내느라
잠들기까지
오랜 시간이 걸릴 때가 있다.

지나고 나면

지나고 나면 쉬운 문제였다.

문제가 어려워서 헤맨 게 아니라
시험지가 눈앞에 너무 가까이 있었기 때문일 뿐.

인생은 크고 작은 시험의 연속.
시험지를 너무 가까이 들여다보면
길을 잃기 마련이다.

지금 내가 풀고 있는 이 문제가 어렵고
시험 시간이 영영 끝나지 않을 것 같아도

언젠간 이 시험은 끝나고 아, 그 문제는 이랬지
하며 쿨하게 채점할 수 있는 순간은 온다.

그렇게 우리는 여러 번의 시험을 쳐가며
배우고, 성장하고 또 살아간다.

자지 않을 것이다

잠이 쏟아지지만
절대 자지 않을 것이다.

달콤한 꿈을 꾸나
화들짝 깨어나 버리면
너무 허탈하니까.

꿈에서 깰 때,
하늘과 땅,
밤과 낮,
정반대의 두 세계가 교차되는 그 순간

절벽 아래로 떨어지는 것만 같은 그 좌절감이 싫어
아예 잠들지 않을 것이다.

꿈을 꿀 단초 자체를 주지 않을 것이다.

빨간 물통

빨강색으로 물든 물통이 싫다고
거기다 억지로 파랑색 물감을 뿌려 대면
색깔이 잡탕이 된다.

차라리 기다려야겠다.
빨강의 앙금이 밑으로 가라앉을 때까지.

그렇게 다시 맑아질 때까지.

자존심

괜히
모자란 실력이 부끄러워
자존심을 세우는 건지도.

값싼 물건

값싼 배터리 같다.

금방 충전되지만
또 금방 방전되는 게.

작은 일에도 신나 하고
또 금방 시무룩해지는 내 모습이.

시간

시간은 행복했던 추억들과 슬펐던 추억들을
집어삼켰다.

추억은 하얀 막 같은 걸로 싸여 희미해졌다.

그렇게 과거는 현재 아래에 덮여
내가 현재 위에서 살 수 있게 해주었다.

낯선 익숙함

안 익숙해질 줄 알았는데

어느새

나도 모르게 익숙해져 있어서

낯설었다.

이유가 없다

그 사람이 갑자기 보이지 않았다.

이유가 궁금했고
이해하려 해도 할 수가 없었다.

내가 그랬던 적을 생각해 봤더니
그제야 이해가 갔다.

이유가 없었던 게 이유였다.

우유

시간이라는 건
불투명한 잔에 가득 담긴 우유 같다.

우유를 다 마시기 전까진
맨 밑바닥에 있는 '정답'을 알 수 없다.

그 답을 빨리 알고 싶어
우유를 빨리 마셔 버리고 싶지만
마실 수 있는 속도는 내 마음대로 안 되는 일.

분명, 언젠가는 우유를 다 마시고 바닥을 발견하겠지만
그 우유를 다 마시는 데 하루가 걸릴지 일 년이 걸릴지는
모르는 일이다.

색깔

네 기억 속의 나는
따듯한 색깔이었으면 좋겠어.

쨍하지만 차가운 원색보다는
살짝 흐리더라도
파스텔톤이면 좋겠어.

가끔은 마음 한편의 그림자도
모른 척하고 덮어 둘 수 있도록
살짝은 어두운 그런 색깔이어도 좋아.

나를 생각할 때면
어느새 마음 한 자락이
따스함으로 옅게 물드는 색이었으면 좋겠어.

댐

마음속의 댐을 허물자.

물이 차오를 때까지 꽉 닫고 있다가
한계에 다다르면 파아 하고 쏟아지는 그런 댐.

평소에 수문을 닫아 두지 않고
자주 흘려보내는 연습을 해야겠다.

자연스럽게 흐르는 물길이었으면 좋겠다.

고인 물속에 깊게 잠겨 혼자 맴도는

외로운 소용돌이로 남지 않았으면 좋겠다.

차가운 유리

차가운 유리에 닿았죠.
아직 온기 있는 내 손가락이.

유리엔 김 서린 지문이 남겨졌어요.
곧 없어지겠지만…

이쪽에서만 지울 수 있죠.
내가 지워야 해요.

내 몫이에요.

눈동자 자국

뭔가 인상 깊은 것을 본 날에는
눈동자에 자국 같은 것이 찍혀서
눈을 비벼도 잘 없어지지 않는다.

다른 것을 보고 있어도
눈앞에 계속 아른거린다.

엘리베이터

마음이 어지러운 때면 꼭
꿈에 엘리베이터를 탔는데 내 마음대로
작동이 되지 않는 장면이 나온다.

다른 때보다 유난히
엘리베이터가 더 덜컹거리고, 자유낙하하고,
내가 가고자 하는 층의 버튼을 눌러도
전혀 다른 곳의 장소로 갈 때가 있는데

현실에서의 불안과 스트레스가 투영되는 것일까.

나 자신을 알라

내가 슬퍼지는 이유와
내가 행복해질 수 있는 방법을 아는 건 중요한 것 같다.

기분이 우울해질 때
'아, 내가 이래서 기분이 안 좋구나'라는 걸
빠르게 깨달을수록 기분이 한결 나아지고

'내가 이런 걸 하면 기분이 좋아지지'라는 걸 알면
빠르게 그 행동을 해서 소소한 행복을 찾을 수 있다.

그렇게 우리는
조금 더 살아 낼 수 있다.

내가 나를 정의 내리지 않으면,

남이 나를 정의 내리게 된다.

나를 찬찬히 들여다보며

내가 누구인지, 어떤 사람인지 명확하게 파악해야

남이 정의 내린 나의 모습에 휘둘리지 않게 되는 것 같다.

밤

밤이 깊었어요.
마음에도 이만 불을 끕니다.

고민도 걱정도
잠시
안녕입니다.

건조기

머릿속에 묻은 기억을 씻어 내는 방법은
두 가지가 있습니다.

하나는 손빨래하고 햇볕이 잘 드는 마당에
널어놓는 방법.

다른 하나는 세탁기에 돌리고 건조기로
빠르게 말리는 방법이죠.

아,
내 머릿속은 아직 20세기인가 봅니다.

세탁기도 건조기도 없어
힘들게 손빨래하고 긴 시간 동안 햇볕에 널어도
잘 지워지지 않는 걸 보니.

잔병치레

큰 병을 한번 앓고 나면
잔병치레쯤은 거뜬히 넘길 수 있는 것 같다.

덜 아파서가 아니라,
곧 괜찮아질 거란 걸 알기 때문에.

나에게 잘 맞는 처방전을

이미 내가 알고 있기 때문에.

어떤 걸 해야

내 기분이 조금 더 나아지는지

지금의 이 슬픔이

얼마나 지속될 건지

내가 가장 잘 알고 있기 때문에.

처방전

무언가 몰두할 것이 생기면
그 밖의 것들은 신경 쓸 겨를이 없습니다.

지금 가장 신경 쓰이는 걱정들을
시답지 않은 것들로 만들어 버리는 것.

뭔가로 끙끙 앓고 있는 이들에게
이 방법을 권해 봅니다.

환절기

환절기에 감기에 걸린 것 같았다.
따듯했다가
갑자기 추워져서.
그만 나도 모르는 사이 앓고 말았다.

그렇지만 여름이 가고 가을이 오듯
계절이 가고 다음 계절이 찾아오듯
이 지독하고 쓸쓸한 감기도 지나가겠지.

홍시

누가 하얀 식탁보 위에 홍시를 하나 올려놓는다.
금세 식탁보에는 발그레 붉은 물이 든다.

홍시가 그 자리에 있는 동안은
그건 수줍게 홍조 띤 부끄러운 사랑의 자국일 테지만
홍시가 떠나고 나면
그저 핏자국처럼 남을 뿐이다.

그 무엇도 내 삶에 물들지 않게
재빨리 지워 버리려는 습관이 생겼다.

내 삶의 옷자락에 떨어진 한 방울의 잉크조차
나에겐 상처가 되기에.

새벽

새벽을 한 움큼 움켜쥐면
날카로운 기억들이
손바닥에 상처를 남겨요.

살갗이 쓰라려도
꽉 쥔 주먹을 가슴에 품고
잠들어야 하는 밤입니다.

팔레트

내 팔레트에는 색깔이 많으면 좋겠습니다.

슬플 때, 기쁠 때, 황홀할 때, 쓸쓸할 때
그런 풍부한 감정들을 모두 표현할 수 있는
색채이면 좋겠습니다.
내 마음은.

어떤 길은 좀 더 신중하게 생각했어야 했다
어떤 길은 가지 않았어야 했다

하지만
그 모든 길을 걸어서 내가 여기 있다

Part 2. 꿈

잘한 거야

다시 원래 상태로 돌아온 거야.

덜 중요한 것보다 더 중요한 것을 선택한 거야.

잘한 거야.

가장 어려운 것

인생에서 가장 중요한 것은 '선택'

인생에서 가장 두려운 것은 '후회'

그래서

인생에서 가장 어려운 것은 '후회 없는 선택'

지금의 상황이 마음에 들지 않을 때면
생각한다.

과거의 어느 시점으로 돌아가고 싶다고.
그래서 그 순간 다른 행동, 다른 선택, 다른 말을 해서
전혀 다른 전개를 펼쳐 가고 싶다고.

내가 거쳐 왔던 수많은 선택의 순간들 속에서
지금보다 더 나은 결과를 가져올 수도 있었던
그 특정 시점으로 돌아가고 싶다고.

그래서 내 앞에 갈림길이 놓여질 때면,
선택의 순간 앞에 설 때면,
나는 영화감독이 된다.

A라는 선택을 했을 때의 시나리오와,

B라는 선택을 했을 때의 시나리오,

C 그리고 D까지의 시나리오들이

어떻게 전개되는지 갖은 셈을 해 보면서

과연 어떤 시나리오가 나에게

가장 후회를 적게 안겨 줄 것인지 생각해 본다.

과거로 돌아가고 싶다는 생각이 든다는 것 자체가

너무 비참하고 초라한 일일 테니.

어차피 과거로 돌아갈 수 없다면,

과거로 돌아가고 싶은 지금을 만들지 않는

최고의 선택을 하고 싶다.

흔들리는 시간

왼팔은 앞으로
오른팔은 오른쪽으로
맨땅 위에 곧게 서서
세 시를 가리켜 본다.

두 팔이 닿는 이만큼은
내가 가질 수 있는 나만의 시간.

내가 뻗을 수 있는 한 최대한 뻗어
두 팔 한가득 움켜쥔
이만큼은 나만의 시간.

내가 견뎌야 하는
놓칠 수 없는
그대로 흘려보내기 아까운
나만의 시간.

이 한 움큼의 시간을
아쉬움으로 흘려보내지 않으려면
내가 무거워야 한다.

팔 하나에 시침과
팔 하나에 분침과
그 중심에 서 있는 나는
흔들리지 않기 위해
무거워야 한다.

성장

상상을 하고

그것을 현실화한다면

어느새 이만큼 성장해 있을 것이다.

윈도우 버튼

위기의 순간에 봉착했을 때,

우리의 인생에도 윈도우 버튼이 나타난다.

시스템 종료

절전

다시 시작

포기할지, 숨 고르며 대기할지,

아니면 다시 힘내서 도전할지

선택은 나의 몫이다.

현재를 부정하는 한 마디

잘할 수 있었는데.

출근길 단상

정신없이 출근 준비를 할 때면
이런 상상을 하곤 한다.

휴대폰, 지갑, 차키, 화장품 등은
별 모양 스티커 같은 걸로 '즐겨찾기' 등록해 놓고

현관 앞에서 버튼 하나만 누르면
나한테 저 물건들이 한꺼번에 날아오는 상상.

어른이 된다는 것

어렸을 때는 내가 바라던 미래에 대한
'설렘'과 '상상'으로 내 머릿속이 가득 차 있었다.

살면서 하나둘씩 직접 겪어 보며
'아 사실은 이런 거였구나' 실망도 하지만

설렘이라는 붕 뜬 상상 대신
지혜와 이해심이라는 무게감 있는 경험으로
그 공허함이 대체되는 것 같다.

마인드 컨트롤

고3 때부터, 나쁜 일이 일어날 때면
'무슨 좋은 일이 일어나려고 이러나'
하면서 마인드 컨트롤을 하곤 했다.

고3 때의 '나쁜 일'은 고작
등굣길에 눈앞에서 버스를 놓치거나
긴가민가했던 시험 문제를 잘못 찍었을 때였지만

어른이 되어 가면서
'나쁜 일'의 농도와 깊이가 짙어지고 진해짐을 느끼며

안 좋은 일이 일어나면 곧 좋은 일도 일어날 것이라는
그 생각 습관이 큰 힘이 되는 것 같다.

모든 길

어떤 길은 좀 더 신중하게 생각했어야 했다.
어떤 길은 가지 않았어야 했다.

하지만
그 모든 길을 걸어서 내가 여기 있다.

무지개

무지개는
비가 온 다음에 뜬다.

찬란한 순간은
쉽게 오지 않는 법이다.

인생은 도박

인생은 도박이라는 말이 맞는 것 같기도 하다.

십 원어치 나아질 것 같아서 한 일이
백 원어치 나빠질 수도 있고

십 원어치 손해 본다고 생각했던 일이
백 원만큼의 행복으로 돌아올 때가 있으니까.

역시 인생은
예측할 수가 없다.

가지 않은 길

그때
가지 않았던 길에 대한 로망은

현재를
더 비참하게 할 뿐.

이 또한

이 또한 신의 뜻이리라.
난 최선을 다했고 그렇기에 아쉬움은 없어야 한다.

하지 않고 후회하는 것보다
해 보고 후회하는 것이 더 낫다고들 하지 않던가.

이 또한 하나의 가르침이고
이 또한 나에게 주어진 운명이리라.

무한 반복

어떤 노래에 한번 꽂히면
그 노래만 무한 반복해서 듣는다.
그렇게 한동안 질리도록 듣고 나면
다시는 그 노래를 듣지 않았다.

무언가를 이루었을 때도 비슷했다.
어떤 것에 꽂히면 초집중력을 발휘해 결국 해내곤 했다.

하지만 그럼에도 불구하고 성공하지 못하면
뒤도 안 돌아보고 깔끔하게 포기했다.

최선을 다했다면 후회는 없기 때문에.

잘못된 길

잘못된 길로 들어섰다는 걸 깨달았다.
그런데 다시 원래 길로 가는 법을 모르겠다.

애써 북극성을 찾아보려 하지만
지금 나에겐 하늘의 별도
먹먹한 구름 언저리에 숨어서 빙빙 돌 뿐.

뭐라도 짚으려 앞으로 팔을 뻗어 보아도
손을 휘젓는 공간이
허공인지 어둠인지
내가 팔을 뻗은 건지
팔이 있긴 한 건지

분간이 안 간다.

일과 일상

내가 정말 하고 싶은 일을 하니

일이 일상이 되고
일상이 일이 되더라.

불평하지 말자

예상치 못한 돌부리에 걸려 넘어졌다고
불평하지 말자.

넘어진 그곳에서
꽃 한 송이를 발견할 수도 있으니.

후회

후회해도 소용없는 것은

후회할 필요가 없다.

선택과 집중

내가 좋아하는 것에만 집중하기로 했다.

그 밖의 것들까지 신경 쓰기엔
인생은 너무나 짧으니까.

즉흥적인 성격

즉흥적인 성격이라
후회한 일도 많지만
덕분에 이룬 것도 많았다.

꽂히자마자 바로 실행하지 않았으면
하지 못했을 그런 것들.

적어도
하지 못해서
후회한 일은 없었다.

지나간 물살

지나간 물살은
항해하고 있는 배에게
아무런 의미가 없다.

지금 나를
앞으로 나아가게 하고 있는
물살에만 집중하자.

인생 시험

인생 시험은 너무 어려운 것 같다.
예상 문제를 아무리 많이 연습해도
실전에서는 항상
예상치 못한 문제가 불쑥 튀어나온다.

언제쯤
어떤 문제든
자신 있게 풀 수 있을까?

힘

항상 나에게 조언과 격려를 해주는 선배가
오늘은 이런 말을 툭 안겨 주었다.

뭐든 다 '내가 뭐라고'부터 시작해.
그러고 나서 '내가 뭐였다!'고 알게 되는 거지.

어디서 주워들은 건지
스스로 생각해 낸 건지는 몰라도

큰 힘이 되었다.

차이

'잘 하는 것'과 '재미를 느끼는 것'에는
약간의 차이가 존재한다.

어떠한 일을 할 때
한 번 잘하는 것보다
한 번 재미를 느끼는 것이

지속적인 동기 부여의 원천이 된다.

마침표

일단 마침표를 찍는다.

그다음 문장을 쓰기 위해.

더 이상 이어지지 않는 이야기에
억지로 펜을 잡고 있을 필요는 없다.

일단 마침표를 찍어야겠다.
한 문장의 끝을 매듭짓고
새로운 문장을 쓰기 위해.

그렇게 한 권의 책을 다채롭게 만들어 내기 위해.

행복 청약

매월 꼬박꼬박
젊음을 납입하는데

아직,
행복은 출금이 안 되나 봅니다.

이자 왕창 붙여서 주시려고 그런가요.
만기일자 도래하면 행복해지는 건가요.

가지가지

이것저것 특이한 활동들에 관심이 많아
사람들은 나에게 종종
'가지가지한다'고들 말한다.

오늘 또 하나의 가지를 쳤다.
가지 많은 나무가
열매도 많이 맺을 테니까.

내가 그은 선

'난 이런 사람이야' 하고
나 자신을 규정짓느라

내가 그어 버린 선 안에
나를 가두고 말았다.

나이 들면서

나이 들면서 배워 가는 건
어차피 안 될 건 빠르게 포기하는 것.

밀가루 반죽

밀가루 반죽처럼 늘리고 싶은 순간이 있다.

스쳐 지나가는 1분이
60분 같았으면 하는 그런 순간.

그 순간을 잘 잡아내어 숙성했으면
빵을 구워 낼 수도 있었을 텐데.

하지만 지금은 역사 속으로 흘러가 버린
회색빛 가루들.

일기 속에만 꾹꾹 눌러 담긴
잉크빛 글자들.

교집합

하고 싶은 것,
해야 되는 것,
할 수 있는 것,

이 세 가지의 교집합이 넓을수록
행복한 것 같다.

말할 때의 중요성

명쾌, 참신, 정답.

세 가지 요건은 동시에 갖춰져야 한다.

정답을 말하더라도 질질 끌고 상투적이어서는 안 되고
명쾌하지도 참신하지도 않은데 오답이면 최악.

말할 때의 중요성.

활

희망을 보고 쏴야지,

흔적을 보고 쏘면 늦어.

잘하는 것과 못하는 것

못하는 것을 잘하려고 노력하는 것보다
잘하는 것을 더 잘하려고 노력하는 것이

여러모로
좋은 것 같다.

세 명의 나

어제의 내가 내린 판단이 옳을까.
오늘의 내가 내린 판단이 옳을까.
내일의 내가 내릴 판단이 옳을까.

세 번의 생각이 모두 다를 수도 있기 때문에
세 번 생각하고 한 번 행동하라는 말이 있는 것 같다.

어제의 나와
오늘의 나와
내일의 내가

토론하고 의논해서 내린 판단이
좀 더 정답에 가까울 수 있으므로.

명분

이미 넌 결정을 했어.
명분을 찾고 있는 것뿐이야.

이 말을 들으니
고민하고 있었던 문제가
사르르 풀렸다.

목표

목표라는 건
흔들리는 버스 안에서
손잡이를 잡고 있는 것과 같다.

아무리 버스가 흔들려도
손잡이를 꽉 잡고 있으면
넘어지지 않듯이

목표를 향한 의지가 강해야,
계속 떠올리며 붙잡고 있어야,
그래야
넘어지지 않고
목표라는 도착지에 내릴 수 있다.

장기 그래프

열 번 중에 열 번이 다 잘 될 수 없다.
지금 일이 잘 안 풀린다고 해서
우울해하지 말자.

장기적으로는 우상향 곡선일 테니.

꿈의 3요소

꿈의 크기

방향성

속도

반품

시간을 반품할 수는 없잖아.
후회해도 바꿀 수 없는 과거라면
굳이 과거를 복기하면서
절망에 허우적대고 있을 필요는 없지.

돌멩이

앞으로 달려가야 하는데
신발 속에 있는 모래랑 돌 때문에
발이 찢어지고 아파서
잘 뛰지 못했다.

나는 그 돌멩이들을 '과거'라고 불렀다.

신발을 들어 땅에 털어 버려야지.
바닥에 털고 그걸 딛고 나아가야지.

신발 속에 있는 돌은 '아픔'이지만
바닥에 털어 딛고 나가면 '경험'이 된다.

우연이 빚는 인연

인연이 빚는 새로운 경험

Part 3. 사람

내 시간

누군가를 싫어하는 데 쓰기엔
내 시간이 너무 아깝다.

내가 조금 기분이 나쁘다고,
내가 조금 손해 보는 것 같다고
어떤 이를 떠올리며 계속 시간을 쏟았던 적이 있다.

하지만 문득,
내가 피해 봤다고 생각했던 순간들을 곱씹으며
누군가를 싫어하는 데에
불필요한 시간을 쏟았다는 것을 깨달았다.

부정적인 감정과 생산적이지 않은 일에
내 소중한 시간을 허비하는 것이
아깝다고 느꼈다.

하루 24시간,
나에게 주어진 손 안의 소중한 시간을
나에게 중요하지 않은 사람들에게 소비하는 것이
아깝다고 느꼈다.

인연

인연이 아니면
큰일 날 것만 같았던 시절이 있었다.

그냥
길이 다른 것뿐인데.

다른 것뿐인데.
방향이.
타이밍이.

옷깃

제아무리 옷깃을 단단히 여미어도
스치는 타이밍은 내 마음대로 되지 않는 것.

기대가 크면 실망도 크고
옷깃을 빳빳이 세우면
속절없이 무너지기도 쉬운 법.

차라리 내 맘대로 풀어헤치고 다니다
우연히 마주친 찰나의 순간에
타이밍이라는 핑계로 옷깃을 맞닿으면 되는 것.

해시태그 족쇄

좋은 풍경, 좋은 음식, 좋은 사람들.
SNS에서 '사람들이 어떻게 볼까'에만 얽매여
눈앞의 것들을 온전히 즐기지 못하고 있는 것은 아닐까.

'남들이 어떻게 볼까'에 사로잡히지 말고
'남들이 보는 나'에 갇히지 말고
온전히 느끼자.
그 순간을.

주의 사항

과도한
욕심은

실망을
가져옵니다.

드라마 인생

우리는 믿을 수 없는 사건을 보고 '드라마 같다'고 한다.

그런데
한 살 두 살 나이를 먹어 가고
믿을 수 없는 일들을 하나둘씩 겪어 가면서

우리 인생이 드라마 같은 것이 아니라,
드라마가 곧 우리의 인생으로 만들어졌다는 것을 깨달았다.

나보다 이 일을 먼저 겪은 이들이
후배들에게 세상에는 이런 일도 있을 수 있다고
미리 알려 주는 것 같은 느낌.

어릴 땐
'어떻게 저런 일이 일어날 수 있지?' 하면서
호기심으로 드라마를 봤다면

지금은
'나도 저런 적이 있었지'
'충분히 저럴 수 있지'
하는 공감으로 드라마를 보는 것 같다.

시간의 힘

시간의 힘에 대한 신뢰가 쌓이고
망각의 위력에 대한 믿음이 강해지면서

예전이라면 별일이라고 생각했을 일도
별것 아닌 일로 만들어 버리는 재주가 생기는 것 같다.

연륜과 경험에서 우러나오는 것일까.
시간아, 너만 믿는다.

뿌리

지진이 오면 엄마가 막아 줬다.
쓰나미가 몰려오면 아빠가 막아 줬다.

나 혼자 땅을 파야 할 일이 없었다.

그래서 지금 이렇게 흔들리나 보다.
홀로 서 있기에.

어릴 때부터 터파기를 든든히 해놓고
바닥에 깊고 견고한 뿌리를 만들어 놓았어야 했는데,

서른 줄이 되어서
차갑게 굳어 버린 땅을
나 혼자 삽으로 파내 보려니
여간 힘이 드는 게 아니다.

뫼비우스의 띠

프로상처받er들의 뫼비우스의 띠.

그 사람을 쉽게 믿고,
쉽게 상처받고,
또 다른 사람에게 의지하려 하고.

민들레 홀씨

내가 던진 말이
누군가에겐 한 줌의 바람만으로도
먼지가 되어 날아가기도 하고

누군가에겐 민들레 홀씨가 되어
그 사람의 마음속에 내려앉아
꽃을 피우기도 한다.

내 말이
마음이 닿았을 때
자그마한 꽃봉오리 하나라도 올릴 수 있는
탄탄하고 따듯한 땅을 가진
그런 사람이 좋다.

사탕

누군가와 함께한 행복한 추억들은
녹지 않는 사탕 같다.

힘들 때마다 한 번씩 꺼내 먹으면
달콤하게 기분 좋아지고
빨아도 빨아도 없어지지 않는

그런
사탕.

멘탈

어쩌면 '멘탈'은 우리의 제일 아래에 있는지도 모른다.

고난과 시련으로 멘탈이 잠식되면
어딘가 기대고 싶기 마련.
혹은 기댈 데가 없으면 쓰러지거나.

멘탈이 강하고 견고하다는 건
버팀목 없이 혼자 튼튼하게 서 있을 수 있다는
말인 것 같다.

포스트잇

벽에 착 달라붙어 있던 포스트잇을 떼어
모래를 휙 뿌린다.

뭐 그래도 다시 벽에 붙긴 붙는다.

다시 떼어서 모래를 또 한 줌 휙 뿌린다.
뿌려도 잘 붙어 있길래 계속 뿌린다.

그러나
마지막 모래 한 알이 던져지는 순간,
벽에 붙지 못하고 땅에 떨어져 버린다.

사람 사이의 믿음과 신뢰도 포스트잇과 같아서
반복되는 거짓말과 언행불일치는
두 사람 간의 접착력을 떨어뜨리는
모래가 된다.

지하철 러브스토리

4호선을 타면
사랑한다는 말을 많이 들을 수 있어서
좋다.

'사당행♥'

사랑과 애교가 넘치는 지하철이다.

행복 퍼즐

무언가로 완성되는 행복이 아닌
내가 완전한 채로 행복해야 되는데

어떤 대상으로 행복을 채워 버릇하니
그게 빠져나가 버리면 행복이 무너진다.

완전한 나로 행복한 법을
계속 연습해야 되는데

잘 안 된다.

가끔 후배들이 연애 상담을 할 때가 있다.
연애 상담을 한다는 건 현재의 연애에
불만족스럽다는 사실을 반증하는 것이기도 한데,
대부분은 내가 바라는 모습과 상대의 실제 모습의
괴리에서 오는 아쉬움이었다.

그럴 때면 나는 이렇게 이야기한다.
사람과 사람이 연애를 할 때에는
이 사람을 통해 내 행복을 채우려고 하면 안 된다고.

누군가로부터 나를, 나의 결핍을 채워야만
행복한 것이 아니라
심적으로 결핍이 없이 내가 오롯이 혼자서도
행복할 수 있을 때 누군가를 만나야 한다고 말한다.

그렇지 않으면
내가 지금 나 스스로 부족하다고 생각하는 것을
상대에게 투영하고 바람으로써 집착하게 되고,
상대는 그것을 충족시키든 충족시키지 못하든
스트레스를 받게 되는 것 같다.

누군가와의 건강한 연애는, 아니 우정도 마찬가지로
나 스스로가 건강하게 두 발을 땅에 딛고 서 있을 때
가능하다.

현재 불안정의 원인을 상대에게서 찾으려 하기 전에,
은연중에 나의 결핍에서 삐져나온 건 아닌지
다시 한번 생각해 볼 필요가 있다.

눈물 네트워크 총량의 법칙

내가 다른 사람 눈물 흘리게 한 만큼
딱 그만큼
나도 또 다른 사람 때문에 눈물 흘리게 된다는 법칙.

순간의 선택이 평생을 좌우한다

선배들이 그때 나에게 쪽지를 보내지 않았더라면
내가 눈치 없이 봉고차에 올라타지 않았더라면
경험하지 못했을 소중한 추억들.

기획력이 강한 사람들만 모인 회사에서
해물 떡볶이를 먹고 싶으면
노량진에서 해산물을 떠 오고
엠티를 가고 싶으면
엑셀로 펜션 40개의 장단점을 분석하고
래프팅, 스키장, 마음만 먹으면 거칠 것이 없었던
그런 추억들.

기억조차 정확히 나지 않는
스쳐 갈 뻔한 첫 만남의 기회를 다행히 잡아냈다.

그때의 사원 선배가 지금은 과장이 되어
그때의 꼬꼬마 인턴이 지금은 대리가 되어
그때의 걸크러시 언니가 지금은 애기 엄마가 되어

짧은 6개월 인턴 기간 속에서
굵은 6년의 추억들을 끄집어 낼 수 있었기에 행복하다.

역시
순간의 선택이 평생을 좌우한다.

쉬운 효도

엄마 생신을 앞두고,
“엄마 선물 뭐 해드릴까요?”라고 여쭤봤다.

엄마가 시크하게 말했다.
“아빠 좀 데리고 나가서 다섯 시간만 놀아줘.”

주말만 되면 엄마 껌딱지인 아빠에게
아빠와 딸 둘이서만 데이트 좀 하자며
백화점 쇼핑도 하고, 영화도 보고, 서점 가서 책도 봤다.

집에 돌아오니 엄마가 나지막한 목소리로 말씀하셨다.
“너 낳은 이후로 제일 큰 효도를 받은 것 같다.”

효도는 어려운 게 아니었다.

어려운 정답

오랜만에 지하철을 탔다.

바로 옆자리에 어린 대학생 커플이 앉았다.
그러다 여자아이의 질문이 귀에 꽂혔다.

"오빠, 나 오늘 뭐 바뀐 거 없어?"

질문은 흔했으나 답은 흔하지 않았다.

정답은 '서클렌즈 색깔'

대답을 못한 남자아이는 안절부절못했고
여자아이는 시무룩해졌다.

얘야, 그건 도깨비 할아버지도 못 맞추겠다.

참신한 대답

친한 (솔로인) 과장님께
빨리 여자 친구 만들어서 같이 보시라는 의미로
영화티켓 두 장을 선물해 드렸더니

'아싸 두 번 볼 수 있다'
하면서 좋아하셨다.

참신하고 슬픈 대답이었다.

부재는 존재를 증명한다

후배가 있다 없으니
후배가 얼마나 많은 일을 하고 있었는지 알게 되었다.

멈추면, 아니 후배가 없어지면
비로소 보이는 것들이
많다.

전지적 작가 시점은 없다

상황이 내 마음대로 풀리지 않을 때면
신처럼
전지적 작가 시점에서
내 주변 상황에 대해 알았으면 했었다.

왜 그 친구는 나에게 등을 돌렸을까.
그때 그 남자는 왜 내가 싫어졌을까.
왜 나는 면접에서 면접관 마음에 들지 않았을까.

하지만 이제 와서 생각해 보니
애초부터 전지적 작가 시점은 없었다.

작가가 전지적 작가 시점으로
스토리를 풀어 나갈 수 있는 이유는
신이어서, 특별해서, 초월적 힘을 가지고 있어서가
아니라, 그 사람이 되어 본 적이 있기 때문이었다.
공감할 수 있었기 때문.

상대에게 이별 통보를 해본 적이 있기 때문에
잘 만나던 사람이 이유 없이 싫어진 적이 있기 때문에
면접에서 지원자들의 떨리는 눈동자를
마주한 적이 있기 때문에

그 이야기를 쓸 수 있는 것이다.

어렸을 때는 나도 전지적 작가 시점으로
세상을 바라보는 눈을 갖게 해달라고 소원을 빌었는데
이 상황도 겪어 보고, 저 상황도 겪어 보고,
이런 입장도 되어 보고, 또 저런 입장도 되어 보니
그 모든 상황을 이해할 수 있게 되더라.

이제야 저 사람을 알 수 있게 되더라.

인생의 속도

비행기 안에서
영화 닥터 스트레인지, 라라랜드, 암살을 봤다.

모두 짧지 않은 러닝타임인데,
다 한 번씩 본 영화라
긴 비행시간을 채우기에 짧게 느껴졌다.

아마 우리 인생이
이 정도 속도로 길게 느껴지는 이유도
한 번도 보지 못해서겠지.

사람은

사람은 왜 이렇게 빨리 늙을까.

한 60살까지는
20대 초반의 체력, 외모를 유지하며 신나게 놀다

80살까지는
지금 모습 그대로 열심히 일하면서
세계 각지로 여행도 다니고

그 이후 80대 즈음에야 슬슬 늙어 가며
여생을 보내면 좋을 텐데.

100세 인생인데
젊은 날이 너무 짧다.

우연

우연이 빚는 인연.

인연이 빚는 새로운 경험.

우리의 이야기

하늘은 높고

세계는 넓고

내 옆엔 네가 있고

우리의 이야기는 아직 끝나지 않았다.

한가로운 오후

햇살이 비치는 카페에서 마시는
소설책 한 모금은

부드러운 브레이크가 되어
주변의 것들을 좀 더 자세히
느낄 수 있게 해준다.

빠르게 달렸을 땐
어깨 뒤로 스쳐 지나가느라
보이지 않았던 것들이었지만

속도를 줄인 창밖 풍경은
하나하나 그림 액자가 되어
미술관을 거니는 듯한 느낌을 선물한다.

폰퍼링

휴대폰+버퍼링의 합성어.

즉, 휴대폰을 보느라 발생하는 시간 지체 현상.

횡단보도를 건널 때 혹은 에스컬레이터에서

사람들은 휴대폰을 보며 걷느라 정체를 만든다.

넓은 세상 속에 살아가면서

휴대폰 액정만큼만 시야를 열고 있다.

묻어나지 않는 잉크

거짓과 위선으로 짜인 도화지 위에서는
진심으로 쓴 잉크가 묻어나지 않는다.

하이브리드 명언

나에게나
남에게나

'그럴 수도 있지'는
꼭 필요한 말.

확률 게임

난 달라,
10% 정도 위험한 생각.

갠 달라,
90% 정도 위험한 생각.

이해해

이해해
어른이니까.

'어른스럽다'는 표현은 내가 항상 지향하는 문장이다.
어른스럽지 않은 사람을 보면
저러지 말아야겠다고 생각하고
어떤 이가 어른스럽다고 느낄 때마다
저렇게 살아야지 하고 생각하곤 하니까.

살다가 종종 이해하기 힘든 상황이 또는 사람이
내 인생에 들어서곤 한다.
어렸을 때는 내 상식의 테두리선
그 바깥쪽에서 일어나는 일이라며 호들갑을 떨었지만
이제는 '그럴 수도 있지, 이해해.'라고
어른스럽게 평정심을 유지한다.

예기치 못한 상황이 발생했을 때
그것까지 감싸 안을 수 있도록 나의 테두리를 넓히는 게
더 어른스러운 일이라는 걸 깨달았다.

부재중

카리스마적 리더십 부재 시 발생 가능한 이슈.

"사공은 많으나, 노가 없다."

산으로라도 가면 다행.

넌

특이한 게 아니라
특별한 거야.

서점

서점에 들어오면
마음이 편안해진다.

다른 곳에서 책을 보면
나 혼자 책을 보는 것 같아
이상한 사람이 된 듯한 느낌을 받는데.

여기는 다
책을 읽고 있다.
나처럼.

그래서 편안하다.
마음이.

자판기

사랑은 자판기가 아니다.

백 원만큼 마음을 준다고
백 원어치만큼 마음이 돌아오지 않는다.

딜레마

소중한 것의 딜레마는

잃고 나서야
소중하다는 것을
깨닫는다는 것이다.

녹다운

녹 록지 않은 사회생활에

다 이런 거야 괜찮아질 거야 하며

운 티를 애써 감춘 채 내일을 기다린다.

유토피아

"맛있는 건 왜 항상 살찔까?"라며
한탄하던 팀 선배님과 함께
우리가 원하는 유토피아를 그려 보았다.

몸살 기운이 있어 병원에 가면
의사 선생님 왈,

"혹시 어제 채소 많이 드셨어요?
식단 조절 좀 하셔야겠네요.
삼겹살 위주로 식사하시고
후식으로 꼭 냉면까지 드셔야 해요.
맨날 물냉만 먹으면 그러니까
가끔 비냉도 먹어 주시구요."

속도

속도는 항상
인생의 딜레마

다른 사람보다
빨라서도 안 되고

다른 사람보다
늦어서도 문제다.

발맞춰 간다는 게 어렵다는 걸
나중에야 깨닫는다는 게

문제다.

나의 몫

상대방이
탱탱볼을 던지든
럭비공을 던지든
불평하지 말자.

어떤 공이 날아오든
스펀지처럼 폭신하게 받아들일지
벽돌처럼 튕겨 낼지는
나의 몫이니까.

조급하지 않게
딱 적당하게 걸으며
주변 경치도 느끼면서

Part 4. 휴식

바로 서기

과거에 대한 후회와
미래에 대한 걱정으로

현재에 바로 서 있지 못하는 중.

조각배

흐르는 강물에 떠 있는 조각배 위에
위태롭게 서 있지 말자.

강변에서 바라보자.
조각배가 흘러가는 것을.

토요일 오전

침대에 누워 책을 읽을 때면
창밖으로 트럼펫 연습 소리가 들린다.

완벽하진 않다.
말썽꾸러기 어린아이처럼 가끔씩 튕겨져 나가는 음들에
당황하는 연주자의 표정이 문득 스친다.

근데 그래서 더 진한 느낌.
연주에 묻어 있는 간절함.
언젠가 사랑하는 사람 앞에서 멋있게 연주하고 싶다는 꿈.
베테랑의 연주에는 노련함과 자신감이 묻어 있다면
저기 우리 집 창밖에서 들려오는
어리숙한 연주 소리에는 간절함이 묻어 있어

창틀로 흘러내리는 소리는
더욱 깊고 달콤하고 진하다.

밤 12시

밤 12시.
의미 있는 시간.

하루가 끝나고
또 다른 하루가 시작되는 시간.

우울한 시간이 끝나고
여명이 시작되는 시간.

축제의 시간이 끝나고
현실로 돌아오는 시간.

'지금'은 영원하지 않다는 것을
깨닫게 해 주는
소중한 시간.

우울한 정상

"우울해요."

"정상입니다."

"왜죠?"

"그동안은 무의식적으로 현실을 외면하기 위해서
억지로 행복한 척했던 거고,
그런 감정을 느낀다는 건
이제는 현실을 마주할 준비가 되었다는 뜻이에요.
정상적인 단계입니다."

우울한 정상.

신의 배려

시간이라는 이름으로

아픔과
아쉬움과
후회의 기억을
살포시 덮어

'아무것도 아닌 것'으로 만드는 것은

신의 배려다.

시곗바늘 손길

시곗바늘은
숫자들을 하나씩 훑고 지나간다.
12시 1시 2시,

빠르지도 느리지도 않은
딱 정해진 속도로.

아팠던 지금의 시간들은
시계의 시침과 분침이
쓰다듬어 주는 손길로 치유된다.

보기

다음 중 빈 칸에 들어갈 알맞은 말은?

(　　)에서 로그아웃하시겠습니까?

① 인생

② 불행

모래성

모래 위에 모래를 쌓고
그 모래 위에 또 모래를 쌓고

그렇게 단단한 성벽이 되어
나를 지켜 주겠지.

이 아픔들은.

길치

길치라서 다행입니다.

잊고 싶은 기억을
어느 나무 밑 차가운 흙 속에
쓸쓸하게 묻어 놓고

숲속을 한 바퀴 돌고 나면
거기가 어디였는지
찾지 못하거든요.

결국 결말은 해피엔딩

슬픈 감정에 휩싸이면
나 스스로를 할리우드 영화의 주인공처럼 생각하는
버릇이 있다.

내가 겪는 이 고난과 역경으로 인해
극중 스토리는 파국으로 치닫고
나를 중심으로 온갖 스펙터클한 사건들이 발생하며
격정적인 전개가 이루어질 것만 같은 느낌.

내가 겪는 사건들의 체감 난이도는
지구 종말이 닥치는 것만큼이나 심각한 위기.

근데 슬플 땐,
나는 그냥 단편 영화의 행인2 정도일 뿐이라고
생각해도 될 것 같다.

지금 좀 힘들긴 해도 시간이 지나면 대세에,
그러니까 내 인생 전체에
그리 큰 영향을 주지 않을 것이라고…

어쨌든 시간은 가고,
사람들은 살아가고,
결국 결말은 해피엔딩이라고 생각하면서.

여행

여행은

결심하는 것만으로도 신난다.

아직 날짜도

비행기표도, 호텔도 안 정했지만

내 마음은 이미 구름 위.

다음 여행지는 파리다.

어둠

예전에는
잘 때 불빛 하나 없으면
잠이 오지 않았다.
무서워서.

그런데
어느 순간부터
완벽하게 어둡지 않으면
쉽게 잠에 들지 못한다.

왜일까.

침대보다
현실이 더 어둡고 무섭다는 걸
깨달아서일까.

그런 순간

그런 순간들이 있다.

하나의 생각만 무한 반복되어
내 머릿속에 투사되는 순간.

반복되는 생각을 내버려 두었더니
나도 모르게
노래가 끝난 카세트테이프처럼
툭 하고 끊겨 버리는 순간.

왜 그토록 빠져나오기 힘들었는지조차
이해가 가지 않을 정도로
끝날 때는 너무나 쉬운,
그런 예상치 못한 순간.

열기구

높이 날기 위해서는
무거운 걸 버려야 한다.

쓸데없는 걱정, 기우, 근심
바꿀 수 없는 과거, 후회, 지나간 것들은
모두 마음을 무겁게 하는 짐덩이다.

커피잔

밤 열두 시가 훌쩍 넘은 이 시간
커피 잔 위에도 달이 뜬다.

먹먹한 공기 소리만 달무리처럼 떠다니고
밤이 깊어질수록 커피 잔 속 저 달도 멀어져 간다.

깜깜한 방 안에 외로이 떠 있는 스탠드 불빛.
깜깜한 커피 잔 속 덩그러니 떠 있는 외로운 달덩이.

To Do List 강박증

해야 할 일을 끊임없이 생각하고
무언가를 끊임없이 해야 한다고 생각하고
무언가를 하지 않고 있으면 불안하고.

가끔은 멍 때리면서
아무것도 안 하기 연습을 좀 해야겠다.

밤손님

밤 열 시가 찾아왔다.
어둠을 한 손에 잡고
다른 한 손으로 침대와 베개를 가져왔다.

밤 열한 시가 찾아왔다.
하루 동안 있었던 일들을 담은 안주 한 그릇과
가볍게 한 모금 할 수 있는
내일 있을 일에 대한 걱정 두어 잔을 가져왔다.

밤 열두 시가 찾아왔다.
장롱 속에 묵혀 두었던 옛 기억들을 한 아름 가져왔다.
거기엔 후회와 슬픔과 원망이 군데군데 묻어 있었다.

그렇게 매일 찾아오는 손님들 덕분에
나의 밤은 언제나 시끌벅적하다.

축구 경기

24시간 축구 경기가 벌어지는 곳이 있다.
내 머릿속.

공격과 수비가 끊임없이 공을 주고받는다.

공격수의 슈팅.
"과거로 돌아가고 싶어. 너무 힘들어."

이에 방어하는 수비.
"괜찮아, 다 잘 될 거야."

그러다 공격이 힘차게 들어와
수비가 무너질 때가 있다.

타임이 필요할 때다.

여행 기념품

즐거웠던 여행은 뭔가 기념품을
더 많이 남기고 싶기도 하다.

나중에 현실로 돌아갔을 때
삶에 지치면 위로가 될 것 같아서.

다시 일상생활로 돌아갔을 때
이곳에서 산 기념품들을 보면
여행지에서의 행복했던 추억들이
샘솟아 오를 것만 같아서.

사물의 촉각

추억이 담겨 있는 물건은
예민한 촉각을 가지고 있다.

내 시선이 살짝만 닿아도
그 속에 담긴 기억들이
뿜어져 나오니.

선글라스

어느 순간부터 햇빛이 좀 있다 싶으면
자연스럽게 선글라스를 낀다.

타색한 눈에 해가 될까 봐.
혹은 피부에 주근깨나 기미가 생길까 봐.

그런데
선글라스를 낌으로써
따듯한 햇살을 느끼지 못하는 것은 아닌지.

빛 때문에 잠깐 눈은 찡그려져도
얼굴에 온전히 와 닿는 따듯함은
기분 좋게 느껴질 수도 있는데.

남들에게 상처받을까 두려워
스스로를 보호하기 위해 먼저 선글라스부터 찾다가
그 사람의 진짜 아름다움을 보지 못하는 것은 아닌지.

영화

영화가 좋은 이유
그리고 대단한 이유는
곳곳에 메타포를 숨길 수 있다는 것.

숨바꼭질
혹은 이스터에그

아니면
다른 사람들은 알아볼 수 없는 연서라고나 할까.

볼 때는 찾아내는 재미,
만들 때는 숨기는 재미.

책

나는 책을
새 책과 헌 책으로 구분하지 않는다.

내가 읽은 책과
아직 읽지 않은 책으로 구분할 뿐.

팽이

생각은 팽이와도 같아서

바닥에 그냥 놓아두면 천착하기 마련이다.
한없이 밑으로, 심연으로 파고 들어가기 마련이다.

하지만 프로펠러를 달아 주면
하늘을 자유롭게 날아다니며 상상의 나래를 펼치게 된다.

생각은 때때로
수렴하게 놔두기보다는
발산시켜야 하는 것 같다.

버스

버스를 타게 되는 날이면
항상 맨 오른쪽 앞좌석에 앉는다.

그 자리가 좋다.

비록 내릴 때 뒷문으로 걸어가려면
몇 번 비틀거려야 하지만

버스 앞 유리를 통해 보이는 전경,
옆으로 지나가는 거리의 사람들과 건물들을
구경하는 재미가 있어

그 자리가 그냥 좋다.

속도의 불평등

살찌는 건 순식간
살 빼는 건 오랜 기간.

뇌리에 남는 건 순식간
기억에서 지우는 건 오랜 기간.

인생이 야속할 때

인생이 야속할 땐
큰 게 아니다.

기내식 서비스 하다가
난기류로 내 앞에서 끊길 때.

안대

시차 때문에
해가 높이 떠 있는 시간에도 잠이 와
안대가 있었으면 좋겠다는 생각을 하며 뒤척였다.

집으로 돌아가기 전날,
캐리어에서 안대를 발견했다.

준비성은 있었으나
기억력이 없었다.

여름

봄이 인기척을 내며 찾아와
겨울옷들을 주섬주섬 챙겨서 옷장 한켠에 보관할 때

겨울 끝자락에 매달려 있던 차가운 공기도 한 움큼 쥐어
곁에 넣어 놓을 걸 그랬다.

여름에 너무 더울 때
옷장 문을 살포시 열면
서늘한 공기가 새어 나올 수 있게.

그렇게 겨울 냄새로
잠시나마 무더위를 식힐 수 있게.

옷의 황금 두께

출근 전
오늘 날씨를 어림잡고
옷의 조합을 맞춰 가면서 코디를 했는데

출퇴근길 바깥 날씨에 비해
옷이 두꺼워 덥지도 않게
옷이 얇아서 춥지도 않게

날씨에 딱 맞게 옷 두께가 적당할 때

기분이 참 좋다.

마치 소맥을 말 때
소주와 맥주의 황금 비율을 맞춘 것처럼.

반가운 일

책 한 권을 다 읽고 난 뒤
허전한 여운에 잠길 무렵

읽고 싶은 새 책이 생긴다는 건
반가운 일이다.

균형

균형을

잡기가

너무

힘들다.

균형을 잡는 것은 언제나 어렵다.
회사 일만 열심히 하느라 여가 시간을 갖지 못하면
스트레스가 쌓여 녹다운이 되고,
연인에게만 너무 올인하다가는
가족과 친구들에게 소홀해지기 마련이다.

돈을 아끼면서 악착같이 저축해야지 하다가도
마음에 드는 옷은 사야 인생이 아름다워 보이고,
다이어트 식단만 고집하다가도 가끔은 갈비 한 쪽 물고
여유로운 저녁 시간을 갖는 것도 행복이다.

인생은 다양한 맛이 한데 어우러진 초콜릿 상자.
내 상자가 최대한 행복한 상태가 되기 위해서는
내용물을 황금 비율로 조합해 나가며
시행착오를 거쳐야 하지 않을까 생각한다.

서늘한 공기

서늘한 공기가 제법 차갑다.
공기 냄새가 느껴졌다.
가을이 왔다는 것을 알았다.

차가운 공기 냄새는 낯설었고
새로 찾아온 가을의 인기척을 느낄 수 있었다.

집 안에서도 느껴졌다.
살짝 열어 놓은 창문 틈 사이로
슬며시 들어온 가을 공기는
새로운 계절이 찾아온 것만큼이나
기분 전환을 느낄 수 있게 해 주었다.

산책하듯

산책하듯 살고 싶다.

오늘의 공기와
햇살과
나뭇잎 부딪치는 소리를 음미하면서

조급하지 않게
딱 적당하게 걸으며
주변 경치도 느끼면서.

그 순간의 아이스크림

달콤한 초콜릿 아이스크림을 먹으며 생각한다.

눈앞에서 바로 먹으니
맛있는 것이다.

아껴 두려고 오래 가지고 있다간
다 녹아 없어질 거다.

행복도 마찬가지.
순간의 행복이 다가왔을 때
바로바로 즐겨야 제일 달콤하다.

도로

운전하다 보면
이런 생각이 들 때가 있다.

여기는 바다.
나는 물고기.

내 옆을 웅 하고 지나가는 버스들은
거대한 범고래.

차 사이를 요리조리 빠져나가는 오토바이는
통통 튀어 오르며 빠르게 헤엄치는 날치.

한 방향으로 떼 지어
우우 하고 몰려가는
여기는 바다.
나는 물고기.

파리 여행 한줄평

몽생미셸 그곳엔 한국인, 일본인 그리고 열두 명의 수도승뿐이었다.

노트르담 성당 외국인들이 불국사를 보면 이런 느낌일까.

오르세 미술관 중고등학교 교과서 현장 실습 과정.

센느강 노을 규모는 비슷해 보이는데 안양천도 이랬으면…

파리 시내 영국에 있을 때보다 비가 더 많이 오는 거 같은데…

베르사유 궁전 진정한 각방은 거리가 1km 정도는 되어야…

수학의 정석 직장인편

돈지랄과 스트레스는 정의 상관관계가 있는 듯하다.

열심히 일해 받은 월급 – 기분 전환(을 빙자한 충동구매) = 0

역시 인생은 제로섬이다.

비눗방울 같은 순간

비눗방울 같은 순간이 있다.

오색찬란하게 빛나지만
금방 터져 버리는

꺼질듯 말듯
미묘한 떨림조차
비눗방울을 아름답게 만드는

그런 순간.

가까이

멀찌감치 서서 바라보며
아름답다고 생각했던 나무가 있었다.

하지만 가까이 다가서서
자세히 들여다보는 순간
푸르른 줄만 알았던 잎사귀에
듬성듬성 벌레 먹은 흔적이 보였다.

멀리서 보았을 때 아름다웠던 모습은
가까이 다가가자
작은 바람에도 파르르 떨리기 일쑤였다.

나보다 남이 더 빛나 보일 때가 있다.
그들의 인생은 완벽하고
그들의 하루는 결점 없이 흘러가는 것만 같다.

하지만 과연 실상도 그러할까.
가까이 다가가서 보면 멀리서 보던 모습과
또 다른 모습일 수도 있는 것.

멀리서 보면 누구나 푸르다.
가까이서 보면 누구나 똑같은 모습일 테고.

그러니 너무 괘념치 말자.
그들 또한
작은 바람에도 잎사귀가 파르르 떨리는
그런 존재일 것이니.

랜덤

랜덤이 주는 편안함.

선택의 고민을 하지 않아도 된다.
결정에 대한 책임도 필요없다.

가끔
선택과 책임의 압박으로부터 한 걸음 떨어져서
랜덤이 주는 마음의 평화를 즐겨도 좋다.

묘비명

묘비명을 한번 생각해 보았다.

'이때 아니면 언제 놀아?'라고 생각하며
100세까지 열심히 놀다 여기 잠들다.

자존감 찾는 소소한 팁

자주 방문하는 인터넷 사이트의 암호를
'내 이름 + 짱, 멋짐, 대박!!'

이런 걸로 해 놓으면
로그인할 때마다 기분이 좋아진다.

新(신) 매슬로우의 욕구위계

매슬로우의 욕구위계를
최신 버전으로 업데이트해야 한다고 생각한다.

배터리 완충의 욕구와
Wi-Fi 및 LTE 데이터 속도의 욕구.

테러가 문제가 아니다.
데이터 속도와의 전쟁이고
인내심과의 싸움이다.

문

순간의 환희를 담은 사진은

언제든지
그 순간으로 돌아갈 수 있는

문이 된다.

언어술사

난생 처음 필라테스를 했다.

나는 언어술사였다.

남들이 몸으로 'ㅇ' 이응을 표현할 때
나 혼자 온 힘껏 'ㄷ' 디귿을 형상화했다.

나는 역시 문과였다.

인생의 함수

예전이랑
똑같이 먹고 똑같이 운동하는데
살이 안 빠진다.

나이도 같이 먹어서일까.

연습

내가 세상에서 가장 불쌍한 사람이라는 생각이 들 땐
내 장점과 존재의 이유를 찾아내려고 노력해 본다.

근데 머릿속으로만 찾아내면
바닷가 모래사장에 쓴 글씨처럼
금세 파도에 흔적도 없이 지워져 버려서

글로 써 내려가는 연습을 해본다.
당신에게도 이런 연습이 필요하지 않을까.

결국 결말은 해피엔딩
리커버 에디션

1판 1쇄 인쇄 2020년 05월 13일
1판 1쇄 발행 2020년 05월 22일

지은이 김이현
펴낸이 안종남

펴낸 곳 지식인하우스
출판등록 2011년 3월 31일 제 2011-000058호
주소 04035 서울시 마포구 양화로7길 55(서교동) 신양빌딩 201호
전화 02)6082-1070
팩스 02)6082-1035
전자우편 book@jsinbook.com
블로그 blog.naver.com/jsinbook
페이스북 facebook.com/jsinbook
인스타그램 @jsinbook

ISBN 979-11-90807-02-9 03810